Sylvain Meunier

Le grand corbeau

Illustrations
de Élisabeth Eudes-Pascal

la courte échelle

Les éditions de la courte échelle inc.
5243, boul. Saint-Laurent
Montréal (Québec) H2T 1S4
www.courteechelle.com

Révision:
Marie Pigeon Labrecque

Conception graphique de l'intérieur:
Derome design inc.

Infographie:
Sara Dagenais

Dépôt légal, 3e trimestre 2007
Bibliothèque nationale du Québec

La courte échelle reconnaît l'aide financière du gouvernement
du Canada par l'entremise du Programme d'aide au développement
de l'industrie de l'édition pour ses activités d'édition. La courte échelle
est aussi inscrite au programme de subvention globale du Conseil des
Arts du Canada et reçoit l'appui du gouvernement du Québec par
l'intermédiaire de la SODEC.

La courte échelle bénéficie également du Programme de crédit d'impôt
pour l'édition de livres — Gestion SODEC — du gouvernement du
Québec.

Catalogage avant publication de Bibliothèque et Archives Canada

Meunier, Sylvain

    Le grand corbeau

    (Premier roman ; PR 161)
    (Série Ramicot Bourcicot)
    Pour les jeunes de 7 ans et plus.

    ISBN 978-2-89021-948-9

    I. Eudes-Pascal, Élisabeth. II. Titre. III. Collection: Meunier,
Sylvain. Série Ramicot Bourcicot.

PS8576.E9G72 2007   jC843'.54   C2007-941128-2
PS9576.E9G72 2007

Imprimé au Canada

Sylvain Meunier

Sylvain Meunier est né à Lachine, et il a étudié en littérature et en pédagogie à l'Université de Montréal. Il a publié plusieurs romans pour les adultes et aussi pour les jeunes. La série Germain, publiée dans la collection Roman Jeunesse, lui a permis d'être finaliste au prix du Gouverneur général du Canada, à deux reprises, et au Grand Prix du livre de la Montérégie. Pour se détendre, Sylvain Meunier aime gratter sa guitare — même s'il dit ne pas avoir l'oreille musicale —, partir en promenade avec son chien, jardiner et jouer au badminton.

Élisabeth Eudes-Pascal

Née à Montréal, Élisabeth Eudes-Pascal a étudié la peinture à l'Université Concordia et l'illustration à l'Université du Québec à Montréal. Elle a vécu en plusieurs endroits du monde, en France, en Inde, ainsi qu'à l'Arche, un organisme international où l'on vit et travaille avec des personnes ayant un handicap intellectuel. Élisabeth adore dessiner et peindre. Dans ses temps libres, elle lit, fait du vélo, du jogging et de la marche. Elle aime également beaucoup les chats... et le chocolat.

Consultez les fiches séries et les fiches d'accompagnement au
www.courteechelle.com

Sylvain Meunier

Le grand corbeau

Illustrations
de Élisabeth Eudes-Pascal

la courte échelle

1
Noire surprise

L'automne s'achève. Beaucoup d'oiseaux se sont envolés vers les chaleurs du Sud. Ramicot Bourcicot pourrait se sentir triste, lui qui aime tant les observer.

Pourtant, non! D'abord, il n'y a plus de feuilles dans les arbres, donc on voit mieux les quelques oiseaux qui passeront l'hiver à Longval.

Et surtout, Ramicot pense à autre chose. Il se porte bien. Sa maladie, l'infâme «Anémie Falciforme», qui lui a jeté un mauvais sort, se tient tranquille.

Ramicot n'est pas guéri, mais il peut mener une vie normale, c'est-à-dire aller à l'école tous les jours.

Dans une semaine, ce sera l'Halloween. Ramicot participera à la quête de friandises pour la première fois. Les années précédentes, sa maladie l'en empêchait.

— En quoi vas-tu te déguiser?

— Je te l'ai déjà dit, Carlito, en corbeau.

Les deux inséparables conversent en revenant de l'école. Carlito, lui, a l'intention de porter un masque de momie, dont la moitié du visage est rongée par les vers. C'est délicieusement répugnant.

— Chacun ses goûts, philosophe Ramicot, comme le duo

arrive à l'orée du boisé qui agré-
mente leur quartier.

La municipalité y a aménagé
deux sentiers qui se croisent. Le
reste est désormais une zone pro-
tégée, un peu grâce à eux, d'ail-
leurs.

Les feuilles mortes tourbillonnent. Les garçons remontent le col de leur blouson et rentrent les épaules. Les branches nues des arbres poussent de sinistres craquements sous les assauts du vent gris. Vivement la maison!

«CROOAK! CROOAK!»

Oh! Ça, ce n'est pas le craquement des branches!

«CROOAK! CROOAK!»

— Qu'est-ce que c'est? s'inquiète Carlito. Une corneille?

— Je suppose.

Encore, de l'autre côté cette fois, plus fort, plus proche: «CROOAK! CROOAK!»

Les deux amis ralentissent le pas. Juste à temps, car voilà que tombe du ciel, dans un assourdissant froufrou de plumes, une chose épouvantable. C'est un im-

mense oiseau noir. Il se dresse devant eux en déployant ses ailes.

«CROOAK! CROOAK!» «Va-t'en!
Va-t'en!» semble crier l'oiseau.

Terrorisé, Carlito s'empare
d'un caillou et le lance de toutes
ses forces vers la bête. Celle-ci
s'envole avant que le projectile
arrive à sa hauteur. L'énorme vo-
latile tourne à deux mètres au-
dessus de la tête des garçons et
revient au même point.

«CROOAK! CROOAK! Va-t'en!
Va-t'en!»

Les garçons reculent, de plus en plus effrayés. Carlito s'empare d'un autre caillou.

Cette fois, Ramicot l'arrête.

— Ça ne sert à rien. Faisons le tour du bois.

Et les deux compagnons rebroussent chemin.

2
Que de questions!

— Je suis sûr que c'était une corneille ensorcelée.

Carlito n'en démord pas, tandis que Ramicot, encore sceptique, fouille ses sites favoris.

— Ça y est! s'exclame-t-il. Je l'ai. Ce n'était pas une corneille, Carlito, plutôt un corbeau.

— Bah! Mâle ou femelle, on s'en fiche!

— Le corbeau n'est pas le mâle de la corneille. Ce sont deux espèces proches, mais différentes. Regarde un peu.

Carlito s'approche de l'écran.

— Le corbeau est plus grand

que la corneille d'Amérique. Son
bec est plus fort et ses plumes,
ébouriffées. C'est bien lui, non?

— Il me semble qu'il était plus
grand.

— Quand il déploie ses ailes,

son envergure dépasse facilement un mètre. C'est suffisant pour nous impressionner.

— Et ça parle, ces oiseaux-là?

— Ça se peut! affirme Rami-cot, au grand étonnement de son ami. C'est écrit ici que le corbeau peut imiter des chants d'oiseaux, et même apprendre des mots.

— D'après moi, ce n'est pas naturel qu'une bête parle. Les corbeaux sont les oiseaux des sorcières, c'est connu.

Ramicot soupire en secouant la tête.

— Voyons, Carlito, la sorcel-lerie, ça n'existe pas.

— En tout cas, ajoute Carlito, ce n'est certainement pas un tour de ta sœur, cette fois.

— D'accord là-dessus. Mais je me demande bien d'où il sort. Il n'y a jamais eu de corbeaux dans le boisé, sinon je les aurais vus. Et ce n'est pas leur genre de fréquenter les villes. Ils préfèrent la campagne et les montagnes.

— Je te dis que ce n'est pas naturel! Moi, je ne passe plus par le bois.

— Tu as peur!

— Tu as eu peur aussi, avoue.

— Oui, j'ai eu peur.

— Il aurait pu nous arracher les yeux!

— Ouche! Tu as trop d'imagination. Il agissait comme s'il voulait nous éloigner de son nid. Sauf que ce n'est pas la saison des couvaisons, et les corbeaux nichent dans les hauteurs.

3
Pas la moindre réponse

C'est samedi après-midi. Étant donné que les sorcières ne sortent pas en plein jour, Ramicot réussit à convaincre Carlito de retourner dans le bois.

Il fait froid pour la saison. Heureusement, de longues percées de soleil adoucissent le temps. Sans quitter les sentiers, à l'aide de ses jumelles, Ramicot explore méticuleusement la cime des arbres et le creux des fourrés.

Il aperçoit un pic chevelu avec sa tache rouge sur la tête. L'oiseau picore un vieux bouleau, à la recherche d'insectes engourdis

par la froidure. Pas le moindre corbeau en vue, par contre!

— On va jouer? demande Carlito.

Il aime bien regarder dans les jumelles lui aussi, mais il préférerait jouer au basket dans l'allée de son garage.

Cependant, Ramicot n'est pas un adversaire redoutable à ce jeu, et il s'essouffle vite.

— D'accord, répond Ramicot, allons jouer. Ce corbeau était sans doute égaré.

— Puisqu'il parle, il aurait pu demander son chemin!

— C'est peut-être seulement une impression qu'on a eue.

— Oh non! Moi, je l'ai entendu clairement.

Plus tard, après le repas, Ramicot s'installe à son ordinateur. Il est membre d'un club d'internautes observateurs d'oiseaux. Il demande à la ronde si quelqu'un, quelque part, a aperçu un corbeau bizarre.

Son histoire soulève beaucoup d'intérêt, mais ne lui apporte aucune réponse. Il se couche résigné à oublier cette anecdote. Il ignore que tout ne fait que commencer.

4
La sorcière

Carlito se frotte les yeux en se dépêchant de rejoindre Ramicot qui l'attend devant chez lui.

— Un de ces jours, tu vas nous mettre en retard.

— On dirait qu'il y a de la brume, se plaint Carlito.

Ramicot rigole.

— Ce n'est pas une impression, andouille. Il y a vraiment du brouillard.

— Andouille toi-même!

Carlito lève les yeux. Les plus hauts arbres du boisé ont perdu la tête!

— Quand j'ai regardé dehors,

en me levant, je ne pouvais pas voir de l'autre côté de la rue, raconte Ramicot.

— On coupe quand même par le bois?

— Pourquoi pas?

Carlito aime plus ou moins l'idée. Comme il ne veut pas passer pour une poule mouillée, il suit son meilleur ami dans le sentier.

Cent pas plus loin, son sang se glace.

«CROOAK! CROOAK!»

— Tu as entendu? s'exclame Ramicot en s'arrêtant.

— Le corbeau? fait Carlito, qui souhaite de tout coeur que son ami le démente.

— Oh oui! Le voilà!

Dans la brume qui se défait en lambeaux, une croix noire tra-

verse le ciel. Ramicot a juste le temps de reconnaître la queue en forme de coin, caractéristique du grand corbeau.

«CROOAK! CROOAK!» crie encore l'oiseau.

Cette fois, cependant, il ne s'intéresse pas aux garçons. Il disparaît.

— Vite!

Ramicot entraîne Carlito à la poursuite de l'oiseau. Celui-ci repasse au-dessus de leur tête.

Carlito se fiche de savoir où va le corbeau. Ce qui le presse, lui, c'est de sortir du bois. Pourtant, il s'arrête sec.

Là-bas, au point où le sentier débouche sur le boulevard des Érables, apparaît une silhouette incroyable et effrayante. Celle d'une femme toute de noir vêtue, coiffée d'un grand chapeau!

Les garçons n'osent pas bouger tandis que la femme, tournant le coin, quitte leur champ de vision.

— Une sorcière! gémit Carlito.

— Voyons donc! objecte Ramicot, d'une voix peu assurée. Viens!

— Qu'est-ce que tu fais? Tu es fou?

— Oh! Carlito! Elle ne va sûrement pas nous dévorer en pleine rue.

Le pauvre Carlito n'a guère le temps de réfléchir à la question. Les garçons arrivent à l'orée du bois et aperçoivent le dos de la dame en noir. Elle disparaît aussitôt dans un pan de brouillard.

À ce moment précis, ils entendent un dernier «CROOAK!», que l'écho semble répéter de loin en loin.

— Elle s'est retransformée en corbeau! s'exclame Carlito.

5
Un rêve étrange

Désormais, Carlito refuse catégoriquement de pénétrer dans le boisé. Ramicot n'insiste pas trop non plus. Il ne croit pas aux phénomènes surnaturels, mais il redoute les choses pour lesquelles il ne trouve pas d'explication.

Il reste trois jours avant l'Halloween. Par la fenêtre de sa chambre, Ramicot tente de repérer le corbeau avant de partir pour l'école. Hélas! le soleil se lève tard, le matin. Malgré ses puissantes jumelles, ses tentatives demeurent vaines.

À l'école, à la maison, il tend l'oreille. Personne ne parle d'une dame en noir ni d'un mystérieux corbeau. S'il n'avait pas Carlito comme témoin, il penserait qu'il a été victime d'hallucinations.

Ramicot essaie de se changer les idées en mettant la dernière main à son déguisement d'Halloween. Le garçon se demande si c'est vraiment le hasard qui lui a fait choisir un costume de corbeau!

***

La nuit précédant l'Halloween, Ramicot fait un rêve étrange.

Il se voit assis au centre d'un cercle formé de corbeaux énormes qui le fixent avec des yeux rouges.

Il ignore ce qu'ils lui veulent. Puis descend des étoiles la femme entrevue dans le bois. Elle flotte dans l'air grâce aux larges pans de sa robe noire. Elle se pose devant Ramicot.

Il n'a pas peur, il est seulement inquiet. Sous son vaste chapeau, la femme lui sourit. Les dents qu'il lui reste sont jaunes comme de la moutarde et parsemées de taches foncées.

Elle parle d'une voix spectrale: « Donne-moi des bonbons, Ramicot Bourcicot, s'il te plaît, donne-moi des bonbons. »

Alors, Ramicot se rend compte qu'il a sur les cuisses un sac en jute rempli de bonbons. Il peut bien partager un peu. Il en prend une poignée et la tend à la dame. Celle-ci lui saisit la main et tire Ramicot vers elle.

C'est à ce moment qu'il se réveille. Il met plusieurs secondes à réaliser qu'il est dans son lit. Il n'arrive cependant plus à se rendormir.

Au matin de l'Halloween, sa mère ne manque pas de remarquer que son fils a les yeux cernés. Elle craint comme une malédiction une rechute d'anémie falciforme.

— Je ne suis plus certaine que tu sois en mesure de passer de porte en porte, ce soir, Ramicot.

— Pourquoi dis-tu ça?

— Je te trouve l'air abattu, depuis quelques jours.

— Je suis en pleine forme, je t'assure. J'ai seulement un peu de mal à dormir.

— Ah bon! Et pourquoi donc?

— Euh… ça doit être parce que ça m'excite. Je n'ai jamais profité de l'Halloween avant cette année.

La mère de Ramicot sourit tristement. Elle a le coeur gros quand elle songe que son fils n'a pas vécu une enfance normale. Elle écarte l'idée de le priver encore une fois d'un petit plaisir qu'il a largement mérité, après tout.

6
Ramicot répond
à l'appel

— C'est dégoûtant! s'exclament en choeur les parents de Ramicot.

Cette expression d'horreur leur est inspirée par le masque de Carlito. Ce dernier est ravi de l'effet qu'il produit.

— On y va?

— Déjà? Je n'ai même pas fini de sculpter la citrouille, s'étonne M. Bourcicot.

De ses habiles mains d'ébéniste, il découpe un visage dans une citrouille évidée. Mamie prépare les sacs à remettre aux enfants quêteurs du voisinage.

— Il ne fait pas noir encore, se moque Sagette.

Sa mère lui signale de se taire.

— Allez-y donc, puisque vous ne tenez pas en place, dit-elle aux garçons. Mais avant, en rang pour l'inspection!

D'une main assurée, elle vérifie si le casque à bec de corbeau n'obstrue pas la vision de son fils. Après avoir constaté qu'aucune partie du costume ne risque de le faire trébucher, elle procède de même pour Carlito.

Elle vérifie aussi le fonctionnement des lampes de poche et leur recommande de les allumer quand ils passeront dans des secteurs plus obscurs.

— Ça va, mamie, on n'est pas des bébés.

Et voilà les deux compères dehors, dans l'air humide et froid.

La quête va bon train. L'atmosphère est fantastique. Plusieurs maisons arborent des décorations à faire frissonner.

Ramicot et Carlito reconnaissent certains de leurs amis, avec lesquels ils échangent les bonnes adresses. À certaines portes, ils doivent attendre leur tour avant de recevoir leur aumône sucrée.

Après une quarantaine de minutes, ils décident d'emprunter le boulevard des Érables, pour attaquer le secteur situé de l'autre côté du boisé.

Cela signifie qu'ils devront passer par l'endroit où la dame en noir est apparue la première fois. Occupés à accumuler une fortune de gâteries, les deux amis n'y pensent guère.

Sauf que, juste au moment où ils croisent l'extrémité du sentier…

«CROOAK! CROOAK!»

Le grand corbeau est là! Il se pose devant eux en battant des ailes.

«CROOAK! CROOAK!»

Effrayé, Carlito pousse un cri. Ramicot l'imite. Il est stupéfait, incrédule, terrifié!

— Laisse-nous passer! invectivent les garçons, en agitant leurs lampes de poche.

À croire qu'il leur obéit, le corbeau s'envole. Mais il se repose aussitôt derrière eux. Il semble plus gros que jamais.

«CROOAK! CROOAK!»

— Sauvons-nous, souffle Carlito.

Ramicot hésite. L'oiseau reprend les airs et revient leur barrer le chemin.

«CROOAK! CROOAK!»

Son attitude n'est toutefois pas agressive. Il ne crie pas «va-t'en!». On dirait plutôt qu'il supplie.

«Viens! Viens!» croit même entendre Ramicot.

Et l'oiseau reprend son manège, retourne derrière les garçons. Il ne bat plus des ailes. Il fait de petits bonds vers le sentier, revient, recommence.

«CROOAK! CROOAK!»

— Il veut qu'on le suive! dit Ramicot.

— Ah non! Tu ne vas pas…

Déjà, Ramicot s'avance vers le corbeau.

— Je veux en avoir le coeur net! tranche-t-il.

— Tu es fou! Tu ne veux pas entrer là-dedans en pleine nuit! Pour suivre un oiseau détraqué! Ne compte pas sur moi.

— Alors, attends-moi là.

Ramicot s'engage sur le sentier, suivant le corbeau qui bondit vers les profondeurs du boisé.

— Ah, ce n'est pas croyable! gémit Carlito, interloqué.

Mais il ne peut se résigner à abandonner son ami, et il se dépêche à le rejoindre, prêt à vendre chèrement sa peau.

7
Le secret
du grand corbeau

— Ah non! On ne quitte pas le sentier! braille presque Carlito.

— Tu vois bien qu'il ne nous veut aucun mal.

— Tu ne sais pas où il nous emmène.

— Justement, il faut qu'on sache, déclare Ramicot.

— Il faut... il faut… ce n'est pas si nécessaire! bougonne Carlito.

«Crooak! Crooak!» Le corbeau ne cesse de croasser, à voix plus basse cependant, comme s'il révélait un secret.

Bientôt, une lueur apparaît dans les fourrés.

— Approchez, mes enfants, s'il vous plaît, n'ayez pas peur, murmure une voix frêle.

— J'arrête ici! décide sèchement Carlito.

Ramicot, lui, continue d'avancer. Il ne l'admettra jamais, mais sa main tremble et la lumière de sa lampe vacille.

Enfin, il la voit! La dame en

noir apparaît dans le faisceau de lumière. Elle est étendue sous un abri sommaire fait de toiles de plastique.

Devant elle brûle la flamme d'un réchaud de camping. Le corbeau s'est juché sur son ventre qui respire difficilement.

— Tu as l'air gentil, mon garçon. Milord sait reconnaître les bons coeurs.

Elle caresse la tête de son oiseau. Elle lui donne ensuite quelque chose à manger, qu'il avale d'un coup.

Puis, elle tourne vers Ramicot un visage terreux et strié de rides, encadré de cheveux gris, sous son chapeau noir.

— Je m'appelle Abigaëlle. Et toi?

— Ramicot Bourcicot.

— C'est joli. J'ai besoin d'aide, Ramicot. S'il te plaît, peux-tu téléphoner pour qu'on m'envoie du secours? Je suis tombée et je me suis blessée.

— Vous êtes tombée de votre balai? s'étonne Ramicot.

La vieille dame rit, bien que cela lui fasse mal.

— Je n'ai pas de balai, je ne suis pas une sorcière. J'ai glissé sur une plaque de glace.

— On y va tout de suite, madame! intervient Carlito qui s'est approché et qui pense surtout à déguerpir.

Les deux garçons se précipitent dans le sentier. Mais ils se figent sur place. Devant eux se dresse la haute et sombre silhouette d'un homme!

8
Les explications

— Papi! Que fais-tu ici? demande Ramicot en écarquillant les yeux.

— Ta mère a voulu que je vous suive. Et elle avait raison!

Ramicot se rend compte qu'il a été très imprudent.

— Il y a une dame qui est blessée, là.

— Oh!

Le père de Ramicot, jusque-là, ne regardait que son fils.

— Que vous est-il arrivé, ma pauvre dame?

— J'ai fait une chute et je me suis blessée à la jambe.

— Ne bougez surtout pas! J'appelle une ambulance.

M. Bourcicot déplie son téléphone cellulaire. Après quelques secondes d'attente, il donne une description des lieux et de l'état de la blessée.

— Ce ne sera pas long, dit-il à la dame. Voulez-vous que je prévienne quelqu'un, un membre de votre famille?

— Je n'ai pas de famille.

— Une amie peut-être?

— Mon seul ami est avec moi, et c'est Milord.

— Vous l'avez apprivoisé? demande Carlito.

— Il y a des années, quand il était petit, je l'ai tiré des mains de mauvais garnements qui s'amusaient à le torturer. Ils le forçaient à avaler des cailloux.

— Quoi? s'indigne Ramicot.

— Oh! C'était loin d'ici. Je voyage beaucoup.

M. Bourcicot et les deux garçons sont fortement intrigués. De la vieille dame se dégage une grande bonté.

M. Bourcicot pose enfin la question qui est sur toutes les lèvres.

— Puis-je savoir ce que vous comptiez faire dans ce bois?

— L'été, je me déplace sans

cesse, mais l'hiver, je dois me fixer quelque part.

— Vous risquez de mourir de froid!

— J'ai tout ce qu'il me faut dans mon chariot, dit la dame.

En effet, au fond de l'abri, il y a un chariot muni de roues de bicyclette.

— Ce boisé me semblait une bonne cachette. Et Milord est un gardien vigilant.

— On a vu ça! confirme Carlito.

— Rassurez-vous, il ne vous aurait fait aucun mal.

M. Bourcicot reprend la parole.

— Vous ne pouvez pas hiberner, comme un ours.

— Bien sûr que non! rigole la vieille dame. Ne vous inquiétez pas, je me débrouille. J'ai une radio pour écouter la météo. En cas de mauvais temps extrême, je vais au motel.

— Pourquoi êtes-vous une sans-abri, alors? ne peut s'empêcher de demander Carlito.

— C'est mon choix. J'ai gagné beaucoup d'argent, jadis, avant de comprendre que, pour moi, le vrai bonheur est dans la solitude de la route.

La dame retient une grimace de douleur.

— L'ambulance ne devrait plus tarder, l'encourage M. Bourcicot.

La femme tend le poignet, et Milord s'y pose aussitôt.

— Je crois que nous devrons nous séparer pendant quelque temps, mon pauvre ami, lui

murmure-t-elle en le bécotant.
Qui donc va s'occuper de te nourrir?

— Moi, si vous voulez, pro-
pose tout de suite Ramicot.

— Je n'osais pas te le demander. Est-ce que vous le permettez,
monsieur?

M. Bourcicot accepte d'un si-
gne de tête.

9
Le départ

— Approche, Ramicot. Nous allons voir si Milord est d'accord aussi. Après tout, c'est lui le principal intéressé.

Elle dépose dans la main de Ramicot un morceau de viande séchée. Le garçon tend le cube rougeâtre au corbeau.

— Allez, Milord, mange!

L'oiseau hésite. Il tourne un peu la tête de côté pour examiner Ramicot.

— Ce sont des oiseaux supérieurement intelligents, dit la vieille dame.

C'est un spectacle étrange que

ce garçon déguisé en corbeau et ce vrai corbeau qui se font face en silence. Seules les lumières des lampes de poche et du réchaud éclairent la scène.

Le bec de l'oiseau est énorme. Le père de Ramicot ne peut s'empêcher d'être un peu inquiet.

Enfin, Milord se décide et, d'un coup de bec précis, il avale le morceau de viande.

— Et voilà! se réjouit la vieille Abigaëlle, soulagée. La glace est rompue.

Soudainement, des gyrophares projettent des éclairs rouges et bleus dans le bois. On croirait que les arbres dépouillés entament une danse fantastique.

L'ambulance s'avance aussi loin que possible dans le sentier, précédée d'une voiture de police.

— Prends-le, maintenant.

Avec beaucoup de soin, sans cesser de le flatter et de le rassurer, Abigaëlle dépose l'oiseau entre les bras de Ramicot.

Une policière apparaît, suivie de deux ambulanciers. Un étonnement sans nom se lit sur leur visage.

— Eh bien, ça alors! dit un des ambulanciers.

Ils étendent la vieille dame sur une civière. Dans les bras de Ramicot, Milord s'agite, mais le garçon parvient à le calmer quelque peu.

« Crooak! Crooak! » Son cri ressemble maintenant à une plainte.

— On se reverra bientôt, Milord! assure Abigaëlle, la voix étranglée.

— Faut-il lui construire un abri? demande M. Bourcicot, avant que la vieille dame soit emmenée.

— Non. Il se débrouillera. Il faut seulement le nourrir tous les jours, sans faute.

— Vous pouvez compter sur moi, déclare Ramicot.

— Je sais.

— Emmenez-le chez vous, et laissez-le s'envoler. Demain, Ramicot n'aura qu'à sortir et à l'appeler. Le jour où il ne répondra pas, c'est que je serai revenue.

— Et vos affaires?

— Soyez assez gentils d'emballer mon chariot dans sa toile. Je saurai m'arranger en sortant de l'hôpital... Et Milord ne faillira pas à son travail de gardien. Vous êtes des gens aimables, mais je vous prie de respecter ma solitude et de garder le secret. Adieu.

Épilogue

Ramicot ne manqua pas à sa promesse. Chaque jour, avant de partir pour l'école, il sortait et appelait Milord, qui prit vite l'habitude de se présenter sans délai. L'extraordinaire corbeau l'attendait au retour de l'école, pour un nouveau repas.

Cela dura dix-neuf jours. Un soir, Ramicot ne retrouva pas Milord. Le lendemain, il l'appela en vain.

Une mince couche de neige avait recouvert la banlieue. Avec Carlito, il se rendit dans le bois, à l'endroit où ils avaient découvert Abigaëlle.

Des traces montraient qu'elle était passée avant eux. Son chariot avait disparu. Elle avait repris sa vie d'errance solitaire. Ils ne la revirent plus, ni Milord.

Ramicot eut du chagrin, Carlito aussi. Ce dernier prononça une phrase consolante.

— Jamais personne n'a vécu une telle Halloween. On s'en souviendra toujours.

.

Table des matières

Achevé d'imprimer en août 2007 chez Gauvin, Gatineau, Québec